U0068443

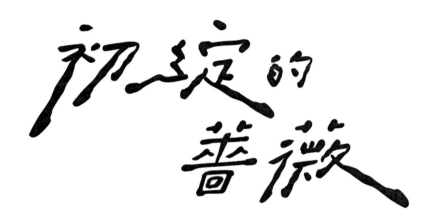

初綻的薔薇

懷鷹詩集

自序

　　這是我在臺灣出版的第一本詩集，也是我個人的第三本詩集。《花魂》出版於一九九一年，《濤聲依舊》出版於二零一三年，中間隔了二十二年。《濤聲依舊》後是《初綻的薔薇》，隔了五年。

　　書名《初綻的薔薇》沒有特別的意思，但還是要稍微說明一下。由於是第一次在臺灣出版，所以叫「初綻」，薔薇是我喜歡的花。薔薇，又稱野薔薇，是一種蔓藤爬籬笆的小花，耐寒。杜甫寓居成都草堂時節，寫有《江畔獨步尋花》七絕句，其六曰：「黃四娘家花滿蹊，千朵萬朵壓枝低。留連戲蝶時時舞，自在嬌鶯恰恰啼。」這是寫鄰人黃四娘家裡的花，其實在自己的寒舍，杜甫也種了大量的花木，而且心下總期待著有客人前來共賞。

　　一九六七年開始寫詩，還是個中學生。由於長居鄉間，跟外界沒甚麼接觸，談不上眼界。我所能讀到的書大抵上都是些小說，包括四大古典名著；我不知道「詩」究竟是什麼

東西。

　　那是個雷雨交加的夜晚，鄉村的電源在午夜十一點就自動切斷，可是那晚八點多就斷電了。屋內黑漆漆，我站在門檻上，遙望被雨統治的空間，忽然有一種異常強烈的感覺，閃電般劈入腦際；我意識到什麼，伸手向空中一抓，哈！手心裡全是涼涼的水。

　　回屋內，點起蠟燭，在搖曳的燭光中一個字一個字地寫著。說也奇怪，思路並未堵塞。

　　雨水啊

　　你來自何方？

　　為何如此鋪天蓋地

　　是不是要把我的夢

　　捲落到溝裡

　　像落葉一樣飄到遠方

　　只有短短六行，我不能說滿意還是不滿意。我不知道那是否是「詩」？拿給華文老師看。她臉上露出訝異的表情，說：「這是你寫的嗎？」

「是啊，只花了十分鐘。」

「你知不知道這是什麼？」

「是什麼？」

「詩。想不到你還會寫詩。」

「老師，這是我的第一篇習作，寫得怎麼樣？」

她說不出一個所以然，推薦給一家學生報，竟然發表了，稿費雖然只有五塊錢的書卷，也讓我高興了老半天。從此，我知道詩原來是這個樣子，致於什麼意象、境界、象徵、比喻……我是一概無知的。第一首詩獲得發表，並未激起我寫詩的欲望，反而寫起散文，諸如日記、小品之類，大多發表在學生報。

踏出校門，我的第一份工作是碼頭工人。別看我身材矮小，力氣不比那些大叔差。在碼頭浪跡了幾個月，練就一身鋼骨和傲氣。這個行業讓我接觸到底層生活，於是寫起小說來。

此後生活顛顛簸簸，居無定所，只要有時間，我會去書店買書。那漫長的歲月裡，我的主要創作還是以小說和散文為主，偶爾寫詩。都是一些不成熟的作品，直至進入電視臺工作，才認真的寫起詩來。那是八十年代的事了。

長達半個世紀的寫作生涯，出版了二十五本書，泰半是

小說和散文集。九一年終於出版《花魂》，圓了多年的夢。出版小說或散文集，我沒多少興奮，但出版詩集卻讓我幾天幾夜睡不好覺。雖然這是一本比較粗糙的詩集，可卻是我的夢想。回憶起來，仍感到興奮。

出版《濤聲依舊》，我也很興奮，並非這本詩集寫得有多好。我愛我的詩遠勝小說和散文，從有意識寫作開始，我就認為我是個詩人，儘管別人不這麼認為。那不要緊，只要我自己肯定和讚賞自己，那就夠了。

第三本詩集《初綻的薔薇》又登場了。同樣的，我對這本詩集懷著尊敬與虔誠的情懷，希望正在讀這本詩集的你們也跟我一樣。從第一本到第三本，我的詩基本上是一脈相承，儘管風格一再的轉變。環境一再的變遷，我對詩的感情始終如一。

所以，請讀者帶著美好的心情來閱讀這本詩集。

目次

擺渡

冬風無須擺渡
岸在千里外

溫一壺龍井
淡淡斜陽送行
一把清霜劍揮不動芒刺
擊節且歌且舞

杏花香在雲河
記憶塵封在雨後
鳳凰臺上管弦依舊

菊花

我在夢裡夢著

一朵雪白的菊花

開在鐵軌旁

期待一陣急雨

天比夜更黑

那一朵菊花

在夢裡凝固成

一朵雲

詩人

你只能想像他的孤傲
他以獨一無二的靈魂語言
一生都在穿越

你站在浪尖上仰望
他像山頂一塊堅石
頂十級颶風

那一朵花是他
那一片雲也是他
除了乍浮乍沉的礁石

整個大地的沉渾厚實
也是

我們遠遠的看
若干年之後，礁石被海浪磨平
那一朵花，那一片雲
還在

星空

多少次仰望星空
四野的蒼茫
織一張密不透風的網
路，太長、太長

走不到那岸
我必須學會
丟棄一些從前珍愛的東西
讓自己空下時間

有沒有陽光無所謂

我已知道夜晚的玄祕

呼吸很簡單

從肉體到魂靈

一如溪水潺潺

把我丟進火爐

在熊熊烈火中提煉另一個星空

老牆

疊印一寸一寸的回憶

螞蟻忙著搬運

晚霞的碎影

造一幅歪歪扭扭的棧道

牆下草站成一支

蕭穆的儀仗隊

等待尊貴的東風檢閱

蚱蜢跳一整夜的舞

枕著花瓣睡

牆頭，一輪斑駁的月在沉思
牆外，一隻流浪狗在嗚咽

愛情

她奇怪太陽為甚麼這樣慷慨

把愛撒給每個人

包括純良和邪惡的

人肉販子和戰爭販子

似乎，愛已超越愛的定義

我在我的詩裡

如太陽一樣慷慨

但他是玫瑰的刺

花瓣上的甘露

沙漠裡的芨芨草

初綻的薔薇

岩壁上準備高飛的鷹
海的每一朵浪花

如果，你認為這就是愛情
請你摘了去
把它夾在夢裡的月夜

愛，其實是一朵花的名字
除了芬芳，還有勇氣

岸之外之內

今夜讀詩

心在岸之外

在浪與浪之間

起伏、飛躍、潛入海底

在珊瑚的熱火中成為一株珊瑚

今夜讀詩

心在岸之內

在瘦瘦的樹影間

高懸的月亮光暈裡

靜默、合十、傾聽

我是一枚

捨棄所有繁華回歸自然的落葉

航道

單薄的衣袖揮不動
醉了的彩霞
想帶走一陣清風
貼在綴滿星星的夜空
讓它變得比月還白

乘著船兒
在空空的海上搖蕩
遠遠天角的燈塔
一閃一閃，划過撐櫓的手

初綻的薔薇

一個人，撐著櫓
循月光鋪下的航道
划著……

花兒的
眼睛

不理寒風頻吹
把夜幕看透
尋覓遙遠那一顆星

花兒的眼睛隱藏在
層層包裹的花心裡
眼波卻在流轉
儘管夜霧深又沉

當黎明踏著貓步而來
你可窺見伊的眼淚
在花瓣上滾動？

今夜

將心事寫在別針

別針上那一朵花

別在你的髮際

含著虔誠的淚

在火中凝成

閃爍的星

今夜

你將化成一縷花魂

今夜

在夢裡翩翩起舞
白色的舞衣披上我的肩膀

未曾驚擾
林間的螢火蟲
牠們列隊而來
一盞一盞的燈點亮
那條彎彎的山路

樹的相思

為了那朵雲
站在高崗上

等待，因為滿頭的蒼翠
一夜之間披上皚皚白雪
山腳下那河
唱歡快的歌

憂愁化一曲鳥音
勾住彎月
在光禿禿的枝上跳躍

樹的相思

直到那雲偶爾路過
驚訝地撒一陣雨

青翠的葉子飛起來了
只聽見
羽毛掉在山谷的回音

槳

每一陣偶來的風
把我送到海的漩渦

槳划著
划出你的眼眸
划向天外那條銀河

山裡的花開了
我會聞到花香
那是一千年前
一個不知名的少年種的花

即景抒懷

要是嗩吶吹不出婉轉的哀傷
我把耳朵貼在冰冷的山壁
要是草原失去奔馬的蹄音
我選擇坐在夕陽下的溪畔

琴鍵只有黑白的跳躍嗎
夜的野渡該有蛙鳴
小巷深處的燈
照見一堵斷牆上的草

我該撫琴清唱

還是，一個人悄悄走

就算天涯的那輪明月

不再為我酩酊

靈感

明明看見你眼角那棵楓樹

一轉身

變成峰頂那一朵

比雪還白的雪

你從最高的天空縱身躍下

想捉住你的長髮盪秋千

你卻從指尖溜走

溜到海的咽喉

乘一葉扁舟追你

一步到天盡頭

你依然被重重的雲包裹

亮起一盞油燈

你從火中蹦出來

拉我結滿厚繭的手

跳那踢踢躂躂的圓舞曲

化一隻寶綠色的鳥

在你沁香的花叢中安眠

半斤酒
半斤血

你不能不動容

當那顆頭顱輕輕地

碰撞地面迸發的血

像子夜划過的流星雨

他選擇死亡

還是死亡選擇他

誰來揭曉答案

也許在知道之前一切已湮滅

我們得用半斤酒滲和半斤血

用憤怒的手指蘸著

寫在長街的牆

在雞啼時讓醒著的人看見

可所有的雞早被集體屠殺

死者找不到自己的頭顱

原來已被鎖在保險箱裡

死在一個
澄澈的清晨

她像水仙展開舞姿

看見她的人都不敢大聲呼吸

生怕那沉渾的鼻息聲

會把她從月光照拂的高樓吹下

但她死了

死在一個澄澈的清晨

她像小鹿一樣走來

走到溪水旁

明鏡的溪水倒映她的容顏

她瞧見自己的眼淚

一顆顆比水晶還明亮

她放聲歌唱

不理會草叢的毒蛇

正張開血盆大口

一寸一寸地游向她

她死了

死在一個澄澈的清晨

報紙

打開報紙
謊言媚語迎面撲來
受傷的眼珠如被針
狠狠戳了一下又一下

報人的尊嚴比紙薄
為五斗米競折腰
良知只是皇帝新衣
塗脂抹粉為哪樁？

斑駁的
圖騰

藍天把樹挺高

越挺越高

卻把自己瘦成

斑駁的圖騰

文明人

用現代機器

將樹越鋸越矮

最後剩下碎裂的根

不屈服的
翅膀

也許我不堪一擊

但永不屈服的翅膀

仍在雲空翱翔

無論風雨

我都循著自己的軌跡飛行

說我狂傲也好

天生的傲骨無法改變

個性比彩虹層次分明

雖然屢遭挫折

依然堅持

作為一隻鷹

只能在暴風雨中展示

漫步

白朗朗的月光敲窗
我準備好一罈子的酒香
浸泡你老掉牙的記憶

何處伸來一管橫笛
悠悠地，悠悠地
吹來一朵輕雲

而我在雲裡漫步

歸來

自遠方歸來

記憶中的月亮

白了

屋檐下築巢的燕子

去了又來，來了又去

不忍回首

歸來、歸來

可我尋覓的牌坊

卻在月亮的注視下

化一堆塵土……

附錄：賞析懷鷹〈歸來〉的心靈漸層

陳牧之

這首詩，懷鷹前輩寫當年「自遠方歸來」的心境。

他先選擇了兩個意象：「月亮」的蒼白與「燕子」的來去。前者屬靜態，可視為當時的背景；後者屬動態，可視為人事的變異，甚至是作者心靈的投影。但這兩個意象都只是陪襯，主要在引出「不忍回首」的心情。

最後四行才是重點，他所「尋覓的牌坊」更是全詩核心。

他不說找不到牌坊，卻說牌坊「在月亮的注視下／化一堆塵土」，把時間的流動聚焦於眼前的月光，寫出人事的滄

桑，令人不免發出浩歎。

「牌坊」是多麼堅硬的石碑，「月亮」又是多麼柔軟
的注視，可偏偏牌坊卻在月光的注視下，化成了「塵土」。
這幾行將時間的無情、人事的變遷、心境的轉折……都藉著
「牌坊」與「月亮」微妙的連結呈現出來。

語言看似簡單，裡頭卻包藏著深沉的感慨。

迷宮

不知誰挖走城頭上的磚
獨留牆腳
埋在土裡那一截

任歲月悠悠
荒草掩蓋
皎潔的月光只照亮
草梗上的露珠

蜷曲在地下的夢
蚯蚓鑽動的聲音
鑽出千百年後的一座迷宮

宣告

——有些人跳出來撕咬我的影子，有感

擁抱吧，歡慶吧
把我拉下馬
讓灰灰的塵土把我埋葬

為了你至高無上的夢
為了宣泄你心中的怒
為了高舉颯颯作響的旗

宣告

也許我已是夕陽最後的霞光
照見你靈魂最黑的顫抖
天明時我已遁入空茫

我依然是那棵寧折不彎的
我依然是那潺潺的溪
我依然是那天高雲淡

城市的
寂寞

整個城市的寂寞

恰如我無從梳理的髮

整個城市的冷清

一如我腳下的影

我是流浪底風

在城市的隙縫裡流竄

這空無一人的街

這淡淡街燈

這無雲無月的夜空

幽深角落裡傳來

聲聲咽聲聲慢的
嘆息……

前面有海有湖有河嗎？
任憑腳疲倦而感傷的走
路的盡頭會有一朵
被人遺棄的山茶花

流浪的風啊
你打從哪兒來
還要流浪多久
才能找到停泊的港灣

趕路

第一線陽光催我

把昨夜的殘夢淘篩……

繁忙的街

搖來一把殷殷呼喚

我把肉體給它

雙腳無感覺地趕路

趕路……

冷氣房裡

把心靈的祕密

向另一個心靈傾吐

只為了構築一個
虛幻的三千世界
（臭汗和著鼻鼾聲
莫名加上惶恐
竟是我們
愚弄天下蒼生的材料）

燈下
突然醒來
在一頁頁鑄滿鉛字的道林紙上
拾回自我

該慶幸呢卻又滿懷

躊躇⋯⋯

中世紀的
塔尖

把燈芯挑高

讓跳躍的光喚醒朦朧的夜

窗外一隻黑古隆冬的鳥

伸開黑色翅膀

把夜的眼啄傷

月亮探出頭梳理長髮

雪白的稿紙

飛來黑蝴蝶的影子

把小小的方格錯認為花叢

一頭栽進迷了路

初綻的薔薇

牆上的鐘擺

不識趣地敲擊著中世紀的塔尖

耳輪之外迴旋著西伯利亞的風吼

指尖與指尖互相傳遞高加索山上的神火

像一朵被冰凍而後被烈火煎熬的小魚

拐個彎拐個彎又在淺灘張著魚嘴

呼出的那團氣變成朦朧夜色

吞吐街角那盞半明半昧的燈

黎明揭開黑夜面紗

桌上只剩微溫的灰燼

呆愣愣地望我瘦削的背影……

年

被炮竹遺棄的年

瑟縮在牆角

當日子一天天逼近

牠把耳朵拉得更長

期待一陣劈劈啪啪

當春聯上街遊行

在子夜的第一聲鐘響後

滿地炸開紅紅的花瓣

太陽耐不住寂寞

提早到酒鄉酩酊去了

年

一盞一盞燈亮了
五千隻雞齊聲鳴唱
夜感動得眨著不想休眠的眼
蜂擁而來的腳步
把大街小巷踩得劈劈啪啪

千里之外的硝煙在海上消失
紅紅的炮竹包裝成電子包
母親殷殷的呼喚
在夢裡譜成一首絕響

掌聲

留給昨天的輝煌

儘管淚水浸透尋夢人的天空

摘下星星在葡萄架下結痂

攀爬的欲望在秋水裡

酒香留給今日的淡雅

不理風刮來十三級的咆哮

面對詭異的海洋

高高舉起琥珀釀造的杯子

掌聲

夢留給明日的佇候
白鷺把自己漂得比雪還白
長途跋涉只為那一程曲折的山水
把羞紅臉的太陽丟到肉眼之外

都市一角

看著那些夾在車馬煙塵中

在高樓隙縫中遊魂一樣飄浮的

匆匆腳步迷惘的臉色

釀造的現代都市蛛網裡掙扎的

詩句

我的心隱隱作痛

眼淚只能在內心的小河

靜靜流淌

當夜披上貓眼似的燈管

舞著波斯人的浪蕩

吉卜賽女郎的憂傷

在喧鬧的聲浪裡

追逐紙醉金迷

我的詩呵像離群的螢火蟲

在茫茫的夜霧中孤獨地飛

孤獨地飛……

我把厚厚的窗簾拉下

拒絕蠱惑的月光

拒絕夜鳴蟲的邀約

把自己的影子縮成

初綻的薔薇

燈下的一盞搖晃的燭光
像蠶一樣慢慢的吐絲

從重慶新華書店出來，懷裡抱著幾本詩集，站在書店前的廣
場，人來人往，一時不知何去何從……

附錄：從〈都市一角〉窺見詩人心靈的微光

林廣

這是一首含蘊深深悲憫的詩。

當詩人在觀察「都市一角」時，那些夾在「車馬煙塵」與「高樓的隙縫」之間，宛若「遊魂」般飄浮的「匆匆腳步迷惘的臉色」（外觸點，屬於「興」的筆法），觸動了他內心隱隱的「痛」。這「痛」，正是他寫這首詩的內發點。

在臉書裡，比較少看見真情至性的詩。許多作品著重意象的翻新出奇，較少觸及內心感情的波動；即使有情，也用重重迷障將詩包裹起來，不讓感情透光。這首詩卻不避諱地

初綻的薔薇

寫出自己的傷痛：「眼淚只能在內心的小河／靜靜流淌」，
讀者可以直接跟詩人的感情相應。

　　這段有個意象必須稍加說明：「釀造的現代都市蛛網裡
掙扎的／詩句」，這些詩句會讓他感到心痛，正是因為反映
了現實生活的匆忙、迷惘，宛如被困在都市蛛網裡，怎麼掙
扎也無法翻身。

　　次段前五行寫入夜之後，許多人徵逐「紙醉金迷」的情
形。當他看見那種迷失於喧鬧聲光的現象，他竟感覺自己的
詩「像離群的螢火蟲」，「在茫茫的夜霧中孤獨地飛／孤獨
地飛」。螢火蟲，是多麼微渺，卻是他心靈閃爍的詩。「茫
茫夜霧」，本就容易迷失方向，何況是「孤獨地飛」。在此

- *070* -

重述「孤獨地飛」，更加重了孤獨的感染力。其中也包含了一種深深的無力感。

末段詩人也只能「把厚厚的窗簾拉下」，好拒絕「蠱惑的月光」與「夜鳴蟲的邀約」（這兩個意象都是借喻外在的誘惑）。這是多麼無奈啊！他只好將「自己的影子」縮成「燈下的一盞搖晃的燭光」。「自己的影子」是孤獨的，縮成「搖晃的燭光」是微弱的，但是想要照亮漠漠黑暗的心願是鮮明的，永遠會持續在暗夜裡發光。收筆那句譬喻：「像蠶一樣慢慢的吐絲」，更清楚地表白自己要將內心的悲憫，轉化為一句一句的「詩」（「絲」與「詩」，屬於諧音雙關），撫慰這霧茫茫的世界。

　　這樣的詩，是從生命深層吐出來的「絲」，必須用感情去相應，才能領會含蘊於語言中的悲憫。

樹

樹

千年之後
倒下的我依然是我

你若尋找記憶
在一圈一圈的年輪
一圈覆蓋一圈

每個圈圈都有戎馬倥傯
一輪明月升起落下
斑斑點點該從何處
數起

從前

那是我們最溫暖的窩

下雨時，雨點敲打著亞答葉

沙啦啦、沙啦啦

阿媽滿屋子飛轉

端盆提桶

讓頑皮的小雨點

在桶桶盆盆裡盡情舞蹈

叮叮叮，當當當

整個夜晚，我們枕著音符與白鬍子的

周公玩捉迷藏

從前

我們變成小泥鰍

在爛泥裡翻滾

翻呀翻，滾呀滾

把自己滾成一個泥孩子

阿公站在高高的泥岸上

笑罵：野，就是野……

是啊，就是野

打著赤腳

風車一樣滿山亂竄

哪管草叢匿藏的黑噴（注一）

一陣山風
把我們送上青天

瞧！阿嬤拿著藤條追上來了
她的臉被晚霞映紅了
野小子，炊煙都笑彎了
快回家，要不叫你屁股開花
哎呀呀，阿嬤，我們還沒摘下
那顆最亮的星……

風兒睡了
阿公亮起一盞昏昏的燈
唱起他家鄉的南管（注二）
阿媽低著頭縫補衣裳
咦？她眼裡閃爍著
我還沒摘下的星星

村狗耐不住寂寞
汪汪汪、汪汪汪
把山村的夜叫得一團混沌……

從前，我們就是這樣

從前，我們都是野孩子

注一：眼鏡蛇。

注二：南音。

鹹魚
——南洋理工學院北區大樓食閣
禁止攤販使用華文招牌和說明

母親的乳汁已被搾乾

拋給你一塊鹹魚

讓你掩著鼻咽下

你咽下的是萬里長城的

哪一塊磚

硬梆梆的石頭把你的胃

撐出一個個破洞

你還想吟誦李白的

低頭思故鄉嗎？

初綻的薔薇

你的故鄉在哪？
落單的雁子被獵槍
轟死在靜靜的湖畔

別說什麼千秋功過
劊子手們的屠刀
高高舉起
砍的是根

把它曬成另一塊鹹魚吧
等待潮漲浪湧

忍

為了這不能忘卻的
我忍住傷疤的痛
自從你的平平仄仄
被割掉頭顱
只剩一堆乾屍在風中搖擺

祭祖的人找不到墳塋
陽光躲在雲裡哭泣
忍住淚，忍住一切的酸澀
獼猴在林子裡竊笑
捉一把晶亮的水蚤
拋進酒裡釀造新的品種

夜渡

那時的月半圓

秋蟲在林中兀自鳴唱

誰也不懂的曲子

一盞漁火飄搖

楓橋那邊落滿霜

有人從寒山寺

捎來悠悠鐘聲

而我靜靜等待

把夜渡到對岸

記憶

在老上海的波光裡擱淺

礁岩旁那尾魚

游進你我認不出的海域

手指在浪濤上滑動

骨節不曾迷路

耳朵在森林裡尋找失落的風兒

月光隱藏年少

在雲裡輕觸

時遠時近的海岸線

來不及放飛的風箏
把自己貼在浮雲
藏在陰陰的山後竊竊私語

偶爾拾起發霉的炊煙
晚霞飛上鬢角
一簇二簇的葉子
鋪在頭顱描述一幅
憂傷的微笑

驚雷

你說，我會典當自己
像金剛鑽那樣的靈魂
或結霜橋（注）那些攤販
烈日下展示廉價的呼喊

寧願把頭顱掛在斷牆
讓風讓雨讓陽光
在臉上塗鴉

這就是我──
天涯盡處那棵

枯樹
等待一陣驚雷

注：結霜橋，是島國著名的廉價市場，因為城市發展，走入歷史。

彎弓

飲盡最後一口酒
秋風忘了回家的路

葡萄架下
兀自彈著冬不拉

那匹棗紅馬被遺棄在
龐偉的太古樹下

那人彎弓，箭已鈍
鳴響的是楚霸王臨別一刎

十指

二〇一五年六月九日晚十一時三十分左右，貴州畢節市七星
關區田坎鄉茨竹派出所接到報警，四名兒童在家中疑似喝農
藥，生命垂危。警方和鄉衛生所人員趕到現場，發現老大已
失去生命體徵，另有兩個孩子在送醫途中死亡，還有一個女
孩在衛生所搶救無效死亡。

村民稱，名叫張方其，今年三十來歲，長期在外打工，與妻
子關係不好，多次打架，後妻子「跟別人跑了」，兩人目前
失聯。

家中最大的是男孩，其餘為女孩。男孩小剛十四歲，念六年
級；最大的女孩小秀九歲，念二年級；老三小玉八歲，念一
年級；最小的小味五歲，正讀幼兒園。目前警方已排除他殺

等刑事案件的可能，確認四個孩子繫服用農藥後死亡，但具
體服藥原因仍在調查中。

那一雙攤開的十指
猛抓喉嚨、胸口
似要撕開乾癟的皮皺巴巴的肉
把一顆顆微微跳動的心臟
曝曬在明亮的陽光下

生活，比毒藥還毒
二十四小時舉著鞭子

狠狠地抽打瘦小如柳身軀

淚流乾笑已成回憶

剩下的是黑黑的血

喝吧，哥哥姐姐妹妹妹妹

把這農藥喝下肚

還可以飽餐一頓

管它明天還有沒有太陽

讓我們變成一具具乾屍

讓全世界都來欣賞

人間最美的一幅油畫

面具

他們如同死者的臉
比死者多幾個面具

面對正義時
他們佯裝殼裡的蛋黃
黏糊糊的澄黃
浮在透明之上

不是不知道腐朽的骨
打造青銅的謊言
為了害怕和靠攏
把自己的衣裳染上血色

瞧！抬棺的人從雲端

敲著鑼打著鼓來了

草叢的老鼠組成儀仗隊

烏鴉伸著長長的嘴

準備像禿鷹那樣

吞噬油膩膩的太陽

碎石工人

碎石機札札響
粉屑飛上黝黑的臉
渾身肌肉不規則跳動
猶似顛簸的歲月
耳朵能淨化的
是家鄉親人的寸寸掛慮

堅固的路被你震碎
一個窟窿一個窟窿的破洞
顯示你赫赫的戰果
震不碎的是家鄉那枚圓月

酸酸澀澀的光
照不進你異鄉的窩

來，兄弟
喝一口甜甜辣辣的椰花酒
讓滿天星斗
在酒香裡酩酊
把一天的勞累
交給模糊的淚眼安頓

路

當眾花披上斑斕羽衣
我選擇一個路燈下
讀越來越清瘦的影子

比雲還柔的個性
捨棄歲月的崢嶸
走孤獨者最深的路

嗩吶手

把嗩吶舉向高空
一聲聲嗚咽扯亂
躺在玻璃棺裡的思緒
最後一程的表演
讓不曾合眼的魂靈圓一個好夢

你本該踏著淩淩舞步
用靈山的樂音
汩汩泉水浸潤過的萬頃田野
碧空翱翔的山雀
也會凝神失足啊

但你只能裝點

跟你毫無關係的悲涼

在幽幽的哭泣中

肉體轉瞬化成灰燼一堆……

當所有莊嚴和悲哀停止

整個天空都寫上你臨別

最美的雲彩……

輓歌

滑行在樹梢的黃昏

晃晃悠悠，不理葉子的抗議

一頭撞進深不可測的黑夜

燈一盞一盞亮起來

每一程有一隻蝴蝶相送

直到黎明照亮染雪的頭顱

一種叫做
「春天」的感覺

詩人說：

「傳統死了！」

「春天凋謝了！」

我們以蠱惑的金圓

把牛車水春天起來

讓每一個擁擠的人

去擁擠失落的腳步

群雞齊鳴

在這沒有雞寮的草地

時而昂首時而低吟
緬懷曾經的山曾經的水

金圓高高掛起
露著奢侈的笑容
任由遊人捕捉
昂然的雞兒啊
你究竟等待誰
吹來一陣涼涼的天風

兩岸櫓聲不再歷史

樓房不再傳統

春天那位俊俏的姑娘

正徘徊在幽深的小巷

唱著古老的歌子……

歲月

翻閱一座山
一條從白雲深處奔來的河

黃昏在山上尋找
遺落草叢的霞光
點點鏽斑點點滴滴
點點滴滴的青春
陽光中站立成山壁

泛黃的黑白世界
在樹的年輪定格

歲月

一雙雙深邃的眼
探向無邊無際的星空

靜謐之夜

疲倦的晚霞攜著夕陽的手

走入教堂尖頂後面的樹林

枕著蛛網睡了

風仍在吹

吹涼黑夜的衣

烏鴉在塔尖槃旋

發幾聲悽婉的叫聲

要把沉睡中的夕陽叫醒

靜謐之夜

夜空不為所動

厚重的衣披在大地之上

星星開始跋涉

小河靜靜流淌

奇形怪狀的樹

像醉酒的漢子弓腰

探尋蚯蚓地底下蠕動的軌跡

鍍上月光的雨懶得漂移

只有螢火蟲震顫的燈盞

照亮靜謐中的死亡和復活

一隻黑色的蝴蝶

以莽撞的飛行

破壞夜的魔咒留下一地碎影

現象

蝴蝶早上睜開眼
黃昏枕在葉瓣安眠
露珠擁抱美麗的軀體
和黑夜一起私奔

冉冉上升的雲
瞥見池塘裡的倒影
被風扯成碎片
連嘆息都沒留下
匆匆趕往山上
與另一隻蝴蝶會合

如果雨
非下不可

我不是想大笑一場

不是想大哭一場

只是有很多話

請雨幫我表達

多少人在雨中佇立

傘子開成一朵朵哀傷的花

等候靈車蕩過街心

如果雨非下不可

如果雨非下不可

躺在雨中的那人
永遠閉上邪惡的眼睛
所有的幻覺都沉落到海
像黑色的蝴蝶沉落在仲春

雖然大雨滂沱
上一秒開得很艷的花
下一秒就凋零了
只剩下憤怒的刺
如果雨非下不可

佔據

我沒喝醉
腳步有點踉蹌
腦子比湖還澄淨

那些標籤，那些一再被引述的文字
在午夜的鐘聲響起時
被宣判為死刑

大部分的眼睛都緊緊合上
大部分的腦子被聖水清洗
一覺醒來，滿天空都是白鴉的翅膀

佔據

牠們佔據這個天空
這個天空佔據人們的肉身
在權力的金字塔上
垂著厚厚的帷幔

一種神祕的死亡
一種近乎虔誠的儀式
惡魔正磨亮利刃
準備把太陽分解
然後把染血的兇器悄悄
收藏在塔尖

都市節奏

每天都呼吸著的都市
每天都把鉛灰色的油煙
灌滿兩片薄薄的肺葉
微血管像堵塞的街道
吐出一口氣
把太陽遮得朦朧

平地聳起的高樓
壓在胸口
每一根鐵樁

插在心房，深不見底
把小小的心擊成碎片

沒有綠色的夢
沒有蜿蜒的海岸線的夢
沒有雞啼鴨叫鵝飛的夢
沒有甘榜的溫情的夢
一闋闋殘缺的樂章
蕩漾在爬山虎繪製的牆上

每天，像失魂魚一樣

穿梭在過度擁擠的人群中

等待紅色等待青色黃色的燈亮起

匆匆越過鋪在路面上的河流

到對岸的商場

逛它一個天翻地覆

帶著疲憊的身軀

華燈初上那刻

拼命鑽進地鐵車廂

和同樣疲憊的人搶著
同樣疲憊的車座

疲憊的腳帶著呆滯的沙塵
一直走入疲憊的夢境
（明朝，太陽會不會醒）

靠岸

靜靜等待
山茶花開那一瞬
我們登攀

一座弧形的橋
你在這端
我在那端

鼓滿風的帆
緩緩靠岸

故事

相傳古舊的年代

一批短小粗糙的漢子

像古羅馬的奴隸

厚厚的泥漿塗身

一步一步踏上山頭

還沒露臉的太陽

被黑黑的腳步驚醒

沒有生鏽的鐮刀

雙手化做斧頭

荒木搖撼

蚱蜢滴淚

望不穿的毒霧結成額上的汗

揮灑成一座繁華

甜夢仍在酣睡

朽骨化成灰

沉入泥底

只有蚯蚓和他傾談

當年的英雄

如何撐起藍藍的天

天終於
黑了

故鄉只是一塊薄薄草地
一條蜿蜒的路奔向山岔口
之後便是遙遠如雲的回憶了

小小的木屋早晚有牧羊人的禱詞
一聲聲掠過耳際的叮嚀
像那口古井無可奈何的嘆息
清冽的井水從阿媽的鬢角流下
頃間濕了屋簷下的草帽

穿上芒鞋我馱起夕陽的霞光
把山路的祕密藏在枯藤

山路拓印著我的影子漸行漸淡
雁群在天空領航
一聲呼喚換來一個茫茫的眼神

天終於黑了
而我的行囊越來越沉默
當啟明星亮起
我顛簸在海上

拍擊岸沿的浪花

和著自己的鼾聲睡了

剩下一個空洞的回聲……

歸家

一片葉子
在天空打旋
掉在掌

掌有了陽光的溫熱
葉脈上流淌
一縷金色小溪
沿掌上的丘丘壑壑
高高低低爬行

歸家

我在兒時的小屋前停下
那群長脖子的鵝
嘎嘎嘎，一搖三擺走來
伸開雙臂想抱
牠一頭鑽入小溪
只留下一片雪白的羽毛

小溪
你是那高高的天嗎？
還是那片薄薄的葉
為什麼，總是那樣曲曲彎彎
找不到歸家的路？

母親

躺在你的懷抱

大地的厚實

溫暖的港灣

讓顛簸的船停靠

啟航，自有浪花歡送

站在遠遠的天角

遙望你如雪的髮

我願化一隻小小鳥

飛到你的肩膀

在耳邊唱一首郁郁的歌

母親

山花開了
一朵飄來的雲是你的魂魄嗎？
讓我伸出雙臂
把你擁入深深夢谷
再一次，攜手漫步在林中小路

我們

再高的山我們爬

再深的水我們淌

再曲折的路我們走

沒有一座山

會消失在雲霧深處

沒有一泓水

會變成乾裂的土地

沒有一條路

會在彎角處斷層

我們

我們爬向更高的山
我們淌入更深的水
我們走在更曲折的路

路在腳下伸直
水在海角晃蕩
山在天涯召喚

正待啟航

夜雨毫無懸念

越過海岸線到彼岸去了

沒有揮揮手的姿態

剩下一盞油燈

吟誦著誰也聽不懂的詩賦

誰來聽

不過就是草叢中的蟈蟈

此刻都已安眠

不會再有溼溼的雨干擾

也許天亮那時

被野貓的叫聲

把你的好夢驚醒

正待啟航

順手抄起奄奄一息的火舌

等待

天空閱讀我的等待

為了偶然路過的落葉

波心等待漣漪

滂沱的雨等待敲擊

遺忘時間的過渡

滿身的青苔

繡上歲月的塵埃

等待

來一陣山崩地裂
被囚困的靈魂
化成一泓江潮
隨你奔向海口

憑弔

悲泣的號子走得老遠

船夫的背影不再晃蕩

烏篷船載走最後一輪夕陽

留下蒼鬱的岸

空蕩蕩河水

流過空蕩蕩肺葉

仰天長嘯

淚水堵在喉管

一道道望不盡的斷層

穿梭在無聲天空

憑弔

誰憑弔死亡了的母親河
遙望走過的歲歲月月

寄一束心情
給你

用淺藍色信箋

紛紛揚揚雪花

思念的海岸線又彎又曲

午夜的鐘聲響起

砌一壺淡淡的想像

含著露珠的荷葉

蘸著飄逸的雲流浪去了

到森林小屋旁的湖

帶上那把閒擱已久的六弦琴

今夜湖邊等你
讓這鶯鶯的啼鳴
在蝴蝶粉翅
舞一闋天涯詩情

夏夜的玫瑰綻放
夏夜的羽衣沒有收攏
剩一個輾轉的睡姿
千里外關於海的微笑……

芒草
長高了

太陽秋著

秋在小河化淙淙流水

不管四季的風如何吹

莫說思念如一節一節的繩結

糾纏的是撐得緊緊的往事

哎，夢都已撐出酸澀的淚

滴溼了階前的石板路

那時候的黃昏

一縷一縷的炊煙

撐起昏冥的天
你口中的煙斗
正冒著一星一星的火光

最愛你唱的南音
鬱鬱的嗓音繞過山背面
海呵就這樣承載你和你的漂流
一路一路過洋而來
過洋而來的異鄉從此成為
血肉相連的家園

初綻的薔薇

不是不想回去
只是遠隔重洋，船舷已斷
年歲啃著你的筋骨
一根老老的拐杖
敲不開大地的沉默

知道你的遺憾你的傷悲
每夜每夜你都在燈下呆坐
望望窗外又望望窗外
只有那輪乍浮乍沉的月亮
把你的心事琢磨成淚珠……

芒草長高了

哎，芒草又長高了

太陽依然秋著

去年為你種的菊

開得比滿天星還燦爛

追尋

秦時的那輪明月

照我漢時的窗

心裡那隻灰蝶

翅膀已折斷

仍然隔山隔海的飛

看看長城的烽火臺

是否還有吶喊的狼煙

燕山刮來的風

吹了多少浪子的塵

捧著一疊兀自逍遙的經史
倒騎那匹被遺棄的青牛
哪管天高雲淡
濤聲沸沸一個世紀的荒謬
追尋那人去了

我是
那一陣風

要來就來，要走就走

穿雲透浪

從荒漠到草原

從平地到高山

從小溪到古井

為了驅散太陽的熱量

為了還天空一片蔚藍

日夜兼程

像夸父一樣追逐

我是那一陣風

讓我吹進你渾濁的心湖
把新嫩的柳條兒栽在湖畔
讓你的心鼓滿夢之帆
在洶湧的浪濤中翩翩起舞

心情

用一縷幽深的心情

臨摹一首淡然的玉蘭

今夜獨倚欄杆

望漸涼月色

誰與我共遊故夢?

猛一陣琴音

湖心亭那個書生

正在彈奏那首失傳的絕唱

衣袂離離,琴音蕩蕩

雙肩披上淅淅瀝瀝的雨韻

可一轉身

湖心亭空空

琴臺已焚，青煙裊裊

驀然回首，身影在燈火闌珊

楊柳風，明月夜

一卷書畫覓何處？

紅燈區
即景

這裡不叫胡同，不叫弄巷

一條大街，十幾條直巷

樓房後是幾重天

夜晚邁著酩酊的貓步而來

幢幢的影覆蓋幢幢的影

小巷直而窄

敞開的門弔著腐臭的布簾

簾內鶯歌燕舞

成群的菌飄飛

低胸的女人塗著厚厚胭脂

紅燈區即景

兩片紅唇騰吐煙霧
一腿擱在一腿上
秀出豐滿而白蒼蒼的肌肉
簾外飢餓的頭挨著頭
像個鑒賞家尋覓被遺漏的寶藏

兜售野獸張力的春藥攤
捕捉貪婪的眼睛
賭攤上的帆船
在驚濤駭浪中顛簸
賣私煙的手

從不是垃圾桶的垃圾桶裡
翻撿起一條一條的煙
從這隻手傳到那隻手

把皮膚燒成原始圖騰的人
雙手擱胸冷視著
天南地北湧來的異鄉客
另一頭，慘澹的街燈下
撐傘的女人遮住半邊臉
等待不撐傘的獵人

紅燈區即景

興奮的夜、興奮的人
把小巷的「春色」寫得更春色
一尾尾活魚躺在黏糊糊的船上
跳躍、翻滾
然後變成直攤攤的死魚
等待黎明第一線曙光來收屍

承諾

背起行囊輕輕走向你

寒星弓在最遠天邊

期待相遇瞬間

爆開一地紅豆

仍在江畔等我的你

帶一把獵獵風聲

我翻過山頭越過大川

那時杜鵑在山谷啼囀

承諾

夏天寫下的厚厚詩卷

交給蜿蜒的河

在伊如歌的胸膛裡

凝固成一滴清清的水珠

弦

風馱不起浪花

四處漂泊的草鞋

承載搖擺歲月

穿越黑夜羽衣

吟唱悠悠琴音

一根弦

撥響雲端瀑布

一根弦

隨小溪奔向彎彎海岸

弦

飛雪填滿石頭隙縫
葉子悄悄綻放
在最清醒的時辰撫摸
偶爾路過的雨絲

靈魂的
清吟

今夜，讓我沉默
一如靜靜水塘
水塘上悄悄開放的蓮
今夜，將心事
寫在每一片花瓣

沉默如此洶湧
穿越滾滾浪濤
在海心凝固成礁石

靈魂的清吟

每一陣晚來的風
是我沉默的語言
每一滴月光
是我靈魂的清吟

我把沉默
綻放在漠漠天野
當你仰首
那閃閃爍爍的星
就是我沉默的精靈
邀你共舞的盛宴

影子

迎面而來的人
把眼睛望向燈柱
沒人去探測他眼眸
逐漸黯淡的尋覓

我只看見
他腳下的皮鞋踩著自己的影子
花白的髮在風中飄逸的氣味
比三月的小雨更嗆鼻

影子

伸開雙臂想給他一個擁抱
他跌坐成我的影子

拈一朵微笑

拈一朵微笑

在你窗前旋一片潮溼的雲

輕叩你夢裡田田山色

青青的水彎彎堤岸

彎彎的心事攏著彎彎月亮

拈一朵微笑

從遠古走來

從唐詩宋詞走來

從長江黃河走來

從敦煌雲門石窟走來走來

拈一朵微笑
在天空綻放成蔚藍的雲
在大海翻捲成晶瑩的浪
在樹林結成碩果累累
在你的眼睛寫成澄靜的湖

寫詩

你說我是一位詩人

噢，不！我只是山邊徘徊的人

想將晚霞鑲在眼珠子的人

當天風吹來

化成一朵雲四海浪蕩

那一粒映著月光的泡泡

是靈魂從琴弦上出逃

在圓晶晶的滾動中

別無牽掛地寫詩

飄逸

把單薄的命運
繫上一條金色彩帶

帶到遙遠的遙遠
沒有春天的春天

如此飄逸的飛揚
太陽把肉身鑄成
一枚清清的透明
折射霞光萬道

初綻的薔薇

穿越黑夜最深的漩渦

如果粉碎

那將是最壯美的生命之旅

飛花

更輕的羽毛

馱起更輕的雲

沿彎又彎的弧線

飛到彎彎又彎彎的彼岸

翅膀合攏在石雕群裡

凝固成泥地上跳躍的陽光

與歲月暢談春去秋來

一冬一夏的天空

把夢層層疊疊裝點

初綻的薔薇

比基尼
女郎

年輕的胴體

亞細亞女郎的長髮

飄逸在泳池

展示傲人的青春

池水太輕薄

惹得她內心躁動

索性脫去比基尼

讓彎彎的曲線

描繪起伏的山林

比基尼女郎

來自遙遠北國的女郎呵
我們從來不敢嘗試的「美夢」
被你扯得支離破碎
即使夏日熱浪滾滾
把你的比基尼扔掉吧
扔到遠遠的海

報載：一個來自北國的女郎，在聖淘沙泳池脫掉比基尼，後
　　　被逮捕。

踏浪

且脫下綠裝
踏在浪花之上
向最遠的遠方馳騁
瀟瀟夜雨
瀟瀟落下的是難以釋懷的念

那些關於樹林的
關於山和山的
關於雲海、晚霞、朝露
天邊的霹雷、晚間的篝火

踏浪

兒童調皮的臉
少女緋紅的雙頰

此後依然顛簸
命運之舟擺向東、向西
雙手划開滿天星斗
還有那一雙尋找日出的眼睛

且踏浪
把岸拋在太陽看不見的岸

巨人

那個據說是巨人的人倒了

天陰、天雨

許多人的臉上爬滿淚珠

然而，天漸漸放晴

被埋在地底下的笑

與太陽擁抱

化蒼鷹羽毛

重新譜寫蔚藍的歌

一個充滿病菌的城市

正在孵化新綠的夢想

帆

遠去的帆
追逐夸父遺失的那輪紅日

海上起風了
滾滾波濤吞噬
天上的雲……

鷗群銜著一枚枚落葉
趕在天黑之前啟程

初綻的薔薇

浪漫的月光曲吹響長笛

翻過高高圍牆

在牆外開一朵玫瑰

豺狼與獅子

紅皮龍搖身變豺狼

指著那匹傷痕累累的獅子：

「因為你不誠實、誠信、忠誠，

因為你沒有獻身服務眾獸，

因為你有機心，

因為你沒有策略，

更糟的是，

你沒有工作，

所以我們要把你碾成爛泥！」

紅皮豺狼忘記了
剛剛他的左右手才說：
「這是一場君子之戰。」

眾獸感到很困惑
他們分不清誰對誰錯
只聽到牢籠裡的獅子大吼一聲：
「隨你們怎麼說，
我仍然是獅子，
我的內心始終燃燒著火焰，
我會用獅爪打破牢籠，
還你們一個清朗的森林！」

白茫茫
的夜

縱下著冷密的雨

行走於白茫茫的夜

在那條直長的街

踩著被雨遮掩的影子

有人撐一把油紙傘

在頭頂結一朵蘑菇雲

青蔥歲月在記憶裡復活

斜飛的雨絲

在傘上敲一首一首

輕快悅耳的樂曲

轉角

有一個俏生生的影

朦朧地等待歸程

歸程是一闋

飄浮不定的歌

觀畫

群山不再喧嘩，夜的長髮飄逸不定
偶爾有閃電，劈開層層星光
在山的臉頰留一個印記
樹林著火，鳥兒驚惶飛遁
留下大地的空茫與之相對

我在無風的窗內剪輯燭花
準備漫漫長夜跋涉
瘦削身影在碼頭等候
那隻被唐人划過的舟子

水深及腰，遠處的蘆葦蕩
一群野鴨子款擺而來
不想驚動牠們的游姿
我把自己藏匿在橋墩下
慢慢坐化成一隻蟬
等待

別一朵
微笑

在雲端
風兒慢些吹，慢些吹
悠悠的等待即將成熟

每一片雨林
矯捷的身影穿梭
每一個深谷
綴滿紅艷艷的杜鵑

路不孤單
暖暖的月光，飄飛的柳絮
夢的山山水水

夢的山山水水

化一道長虹

跨過歲月燈火

爆響

黎明的瞬間

出發

行囊裡裝著
午夜長笛的嗚咽
一腔難以釋懷的躁動

為了尋覓一個不確定的主題
必須離開舒適的港灣
儘管已傷痕累累
腳步踉蹌如飲下一江苦澀

滿天星斗依然璀璨
花依然香

記憶的小徑

翩翩的蝶

斑斕的舞衣旋動著

早來的秋色

趁月色溶溶

披一身薄薄風衣

在荒廢渡頭

擺渡清矍的影

等待一陣響雷

蛻變

還是閉一閉眼吧

將無邊的黑暗隔絕在天外

不理自上而下槃踞隙縫的根的腐爛

我自有一片淨土

夢飛翔的鷹

痛苦的蛻變之後仍在藍天

行獵記

林帶弓著蛇腰
蠕動在腳下
皮影似的蒼山
風標成禦屏
招展著滿眼翠綠
落葉沉沉的泥徑
蹲在森森的霧氣裡
蠱惑著獵者的壯色

哪來的猿啼
彷彿從地心昇騰

行獵記

從天空揚灑

從每一片光影裡

從每一株樹後

從每一陣響著螺號的風濤中

惶急地穿過

三、四管獵槍交織的網

硝煙

彌漫著獵者的酷烈

延綿著

生命的淚滴

哭叫著

一個靈魂的消遁

一個靈魂的喧囂

失憶之夜

又一個月圓
逐漸安靜的天空
露出嬰兒似的笑唇
淺淺的酒窩
推移著漁人的小艇

我坐在這頭
馬頭琴飄落在那頭
挑起皚皚雪花
將眼睫毛染成一座
雪山

杜鵑紅了

杜鵑飛上樹梢

月光下盡情旋舞

把一首孤獨的歌交給夜鶯

船舷睡得正濃

不理嘩嘩的水聲

我劃動潮溼的雙眸

一槳一槳地擺渡向

圓月

語言文學類　PG1930　秀詩人28

初綻的薔薇
——懷鷹詩集

作　　者 / 懷　鷹
責任編輯 / 徐佑驊
圖文排版 / 莊皓云
封面設計 / 楊廣榕

發 行 人 / 宋政坤
法律顧問 / 毛國樑　律師
出版發行 / 秀威資訊科技股份有限公司
　　　　　114台北市內湖區瑞光路76巷65號1樓
　　　　　電話：+886-2-2796-3638　傳真：+886-2-2796-1377
　　　　　http://www.showwe.com.tw
劃撥帳號 / 19563868　戶名：秀威資訊科技股份有限公司
　　　　　讀者服務信箱：service@showwe.com.tw
展售門市 / 國家書店（松江門市）
　　　　　104台北市中山區松江路209號1樓
　　　　　電話：+886-2-2518-0207　傳真：+886-2-2518-0778
網路訂購 / 秀威網路書店：http://store.showwe.tw
　　　　　國家網路書店：http://www.govbooks.com.tw

2018年3月　BOD一版
定價：250元
版權所有　翻印必究
本書如有缺頁、破損或裝訂錯誤，請寄回更換

國家圖書館出版品預行編目

初綻的薔薇：懷鷹詩集 / 懷鷹著. -- 一版. --
臺北市 : 秀威資訊科技, 2018.03
　　面 ；　公分. -- (語言文學類 ; PG1930)(秀
詩人 ; 28)
ISBN 978-986-326-533-7(平裝)

868.851　　　　　　　　　　　107001739

讀 者 回 函 卡

感謝您購買本書，為提升服務品質，請填妥以下資料，將讀者回函卡直接寄回或傳真本公司，收到您的寶貴意見後，我們會收藏記錄及檢討，謝謝！如您需要了解本公司最新出版書目、購書優惠或企劃活動，歡迎您上網查詢或下載相關資料：http:// www.showwe.com.tw

您購買的書名：＿＿＿＿＿＿＿＿＿＿＿＿＿＿＿＿＿＿＿＿＿＿＿＿

出生日期：＿＿＿＿＿年＿＿＿＿＿月＿＿＿＿＿日

學歷：□高中 (含) 以下　　□大專　　□研究所 (含) 以上

職業：□製造業　□金融業　□資訊業　□軍警　□傳播業　□自由業
　　　□服務業　□公務員　□教職　　□學生　□家管　　□其它＿＿＿

購書地點：□網路書店　□實體書店　□書展　□郵購　□贈閱　□其他

您從何得知本書的消息？

　　□網路書店　□實體書店　□網路搜尋　□電子報　□書訊　□雜誌

　　□傳播媒體　□親友推薦　□網站推薦　□部落格　□其他＿＿＿＿＿

您對本書的評價：(請填代號　1.非常滿意　2.滿意　3.尚可　4.再改進)

　　封面設計＿＿＿　版面編排＿＿＿　內容＿＿＿　文／譯筆＿＿＿　價格＿＿＿

讀完書後您覺得：

　　□很有收穫　□有收穫　□收穫不多　□沒收穫

對我們的建議：＿＿＿＿＿＿＿＿＿＿＿＿＿＿＿＿＿＿＿＿＿＿＿＿＿

＿＿＿＿＿＿＿＿＿＿＿＿＿＿＿＿＿＿＿＿＿＿＿＿＿＿＿＿＿＿＿＿

＿＿＿＿＿＿＿＿＿＿＿＿＿＿＿＿＿＿＿＿＿＿＿＿＿＿＿＿＿＿＿＿

＿＿＿＿＿＿＿＿＿＿＿＿＿＿＿＿＿＿＿＿＿＿＿＿＿＿＿＿＿＿＿＿

11466
台北市內湖區瑞光路 76 巷 65 號 1 樓

秀威資訊科技股份有限公司　　　收
BOD 數位出版事業部

....

（請沿線對折寄回，謝謝！）

姓　　名：＿＿＿＿＿＿＿＿　年齡：＿＿＿　性別：□女　□男

郵遞區號：□□□□□

地　　址：＿＿＿＿＿＿＿＿＿＿＿＿＿＿＿＿＿＿＿＿

聯絡電話：(日) ＿＿＿＿＿＿＿＿＿　(夜) ＿＿＿＿＿＿＿＿＿

E-mail：＿＿＿＿＿＿＿＿＿＿＿＿＿＿＿＿＿＿＿＿